O gato por dentro

Livros do autor na Coleção **L&PM** POCKET

Cartas do Yage
O gato por dentro

William S. Burroughs

O gato por dentro

Tradução de Edmundo Barreiros

www.lpm.com.br

Coleção **L&PM** POCKET, vol. 547

Texto de acordo com a nova ortografia.

Título original: *The Cat Inside*

Primeira edição na Coleção **L&PM** POCKET: setembro de 2006
Esta reimpressão: 2015

Capa: Projeto gráfico de Néktar Design
Revisão: Renato Deitos e Jó Saldanha

CIP-Brasil. Catalogação na Fonte
Sindicato Nacional dos Editores de Livros, RJ.

B978g

Burroughs, William S., 1914-1997
   O gato por dentro / William S. Burroughs; tradução Edmundo Barreiros. – Porto Alegre, RS: L&PM, 2015.
   112p. – (Coleção L&PM POCKET; v.547)

   Título original: *The Cat Inside*
   Inclui biografia
   ISBN 978-85-254-1526-4

   1. Burroughs, William S., 1914-1997. 2. Proprietários de animais domésticos - Estados Unidos. 3. Gatos - Estados Unidos. I. Barreiros, Edmundo, 1966-. II. Título. III. Série.

CDD 818
CDU 821.111(73)-8

© William S. Burroughs, 1992. All rights reserved.

Todos os direitos desta edição reservados a L&PM Editores
Rua Comendador Coruja 314, loja 9 – Floresta – 90220-180
Porto Alegre – RS – Brasil / Fone: 51.3225.5777 – Fax: 51.3221.5380

Pedidos & Depto. Comercial: vendas@lpm.com.br
Fale conosco: info@lpm.com.br
www.lpm.com.br

Impresso no Brasil, 2015

WILLIAM S. BURROUGHS
(1914-1997)

WILLIAM S. BURROUGHS nasceu em 1914, em St. Louis, Estados Unidos. Na década de 40 mudou-se para Nova York, onde iniciaria sua carreira literária e faria amizade com Jack Kerouac e Allen Ginsberg, entre outros escritores *beat*. Teve inúmeras experiências com alucinógenos: foi viciado em diversas drogas, incluindo morfina, e por vezes traficou narcóticos (e foi preso por isso). Em 1951, matou sua mulher em um acidente com arma de fogo, o que ele próprio mais tarde reputou como experiência definidora para sua carreira de escritor. Escreveu os romances autobiográficos *Junky* (1953, publicado sob o pseudônimo de William Lee), em que explora suas experiências com a heroína, *Queer* (escrito na primeira metade da década de 50, mas publicado apenas em 1985), sobre o homossexualismo, e *Naked Lunch* (*Almoço nu*). Este último é muito mais radical em suas inovações estilísticas e foi publicado primeiramente na França, em 1959. *The Yage Letters* (*Cartas do yage*), de 1963, traz a correspondência mantida com Ginsberg enquanto Burroughs viajava pela América do Sul na busca do *yage*, também conhecido como *ayahuasca*.

Após uma temporada na Europa, Burroughs voltou para Nova York no início da década de 70, onde passou a lecionar e conviver com intelectuais e artistas como Andy Warhol e Susan Sontag. Na década de 80, era visto como um gigante contracultural: tanto sua personalidade quanto sua obra viraram referências. No final da vida, mudou-se para Lawrence (Kansas), onde morreu, em agosto de 1997. É autor, também, da trilogia *Cities of Red Night*, *The Place of Dead Roads* e *The Western Lands*, entre outros livros. Ele amava gatos. *The Cat Inside* foi primeiramente publicado em uma edição limitada, com desenhos de Brion Gysin.

O gato por dentro

4 de maio de 1985. Enquanto faço as malas para uma rápida viagem a Nova York, onde vou discutir o livro dos gatos com Brion, na sala da frente, onde ficam os gatos, Calico Jane amamenta um filhote preto. Pego minha valise, que parece pesada. Olho dela dentro e encontro seus outros quatro filhotes.

"Cuide dos meus bebês. Leve-os junto com você, aonde quer que vá."

Enquanto escolho comida de gato na seção de animais do supermercado Dillon's, encontro uma velha. Aparentemente seus gatos não comem nenhuma ração que tenha peixe. Bem, digo a ela, os meus são exatamente o contrário. Eles *preferem* comidas como Delícias do Mar e Salmão.

– Bem – diz ela –, eles são mesmo uma companhia.

E o que ela faz por seus acompanhantes quando não há um Dillon's ou uma loja de animais aberta? O que posso fazer? Eu simplesmente não aguentaria ver meus gatinhos com fome.

Quando penso no início de minha adolescência, eu me recordo da sensação recorrente de aninhar e acariciar uma criatura contra meu peito. É bem pequena, mais ou menos do tamanho de um gato. Não é um bebê humano, nem um animal. Não exatamente. É parte humana e parte outra coisa. Lembro-me de uma ocasião em que isso aconteceu lá na casa da Prince Road. Eu devia ter doze ou treze anos. Eu me pergunto o que era... um esquilo?... não exatamente. Não consigo ver direito. Não sei de que ela precisa. Sei apenas que confia plenamente em mim.

Muito mais tarde eu descobriria que fui escalado para o papel do Guardião, para criar e alimentar uma criatura que é parte gato, parte humana e parte algo ainda inimaginável, que pode resultar de uma união que não acontece há milhões de anos.

Nos últimos anos, tornei-me um dedicado amante de gatos, e agora reconheço a criatura claramente como um espírito felino, um Familiar. Sem dúvida compartilha coisas com o gato, e também com outros animais: raposas-voadoras, lêmures ai-ais, lêmures-voadores com olhos amarelos enormes que vivem em árvores e são indefesos no chão, lêmures de cauda anelada e os pequeninos lêmures microcebos, martas, guaxinins, minks, lontras, gambás e raposas-da-areia.

Há quinze anos sonhei que tinha pego um gato branco com linha e anzol. Por algum motivo, estava prestes a rejeitar a criatura e jogá-la de volta, mas ela começou a se esfregar contra mim e a miar de um jeito comovente.

Desde que adotei Ruski, os sonhos com gatos são nítidos e frequentes. Costumo sonhar que Ruski pulou em minha cama. Claro que isso às vezes acontece, e Fletch também é um visitante contumaz, que pula na cama, se aninha contra mim e ronrona tão alto que não consigo dormir.

A Terra dos Mortos... Um fedor de esgoto fervente, gás e plástico queimado... manchas de óleo... montanhas-russas e rodas-gigantes cobertas de ervas e trepadeiras. Não consigo encontrar Ruski... Chamo seu nome...

– Ruski! Ruski! Ruski!

Uma profunda sensação de tristeza e um pressentimento.

– Não devia tê-lo trazido aqui fora!

Acordo com lágrimas escorrendo pelo rosto.

Na noite passada sonhei com um gato de pescoço muito comprido e um corpo que parecia o de um feto humano, cinza e translúcido. Eu o acaricio. Não sei do que ele precisa ou como providenciá-lo. Outro sonho há muitos anos com uma criança humana de olhos imóveis. É muito pequena, mas pode andar e falar.

– Você não me quer?

Na verdade, não sei como cuidar da criança. Mas estou decidido a protegê-la e alimentá-la a qualquer custo! É a função do Guardião proteger híbridos e mutantes no vulnerável estágio da infância.

Indícios apontam que os gatos foram domesticados pela primeira vez no Egito. Os egípcios armazenavam grãos, que atraíam roedores, que atraíam gatos. (Não há prova de que isso tenha acontecido com os maias, apesar de haver um grande número de gatos selvagens nativos na área.) Não acho que isso seja exato. Sem dúvida não é a história toda. Gatos não começaram como caçadores de ratos. Doninhas, cobras e cães são mais eficientes como agentes de controle de roedores. Eu postulo que os gatos começaram como companheiros psíquicos, como Familiares, e nunca se afastaram dessa função.

Os cães começaram como sentinelas. Em fazendas e vilarejos, ainda é sua função principal anunciar qualquer aproximação. São caçadores e vigias, e é por isso que odeiam gatos.

– Veja os serviços que prestamos! E, enquanto isso, tudo o que os gatos fazem é se refestelar e ronronar. Caçadores de rato, hein? Um gato precisa de meia hora para matar um camundongo. Tudo o que os gatos fazem é ronronar e desviar a atenção do mestre da minha cara honesta de comedor de merda. O pior é que eles não têm qualquer noção de certo e errado.

O gato não oferece serviços. Ele se oferece. Claro que ele quer carinho e abrigo. O amor não é de graça. Como todas as criaturas puras, os gatos são pragmáticos.

Para entender uma questão antiga, traga-a para o presente. Meu encontro com Ruski e minha conversão a um homem de gatos foi a reencenação da relação entre os primeiros gatos domésticos e seus protetores humanos.

Considere a variedade de felinos selvagens: muitos do tamanho de um gato doméstico, outros muito maiores, e outros muito menores, que não passam, quando adultos, do tamanho de um filhote de três meses de gato doméstico. Dessas linhagens de gatos, muitas não podem ser domesticadas em idade alguma – de tão ferozes e selvagens que são seus espiritozinhos felinos.

Mas paciência, dedicação e cruzamentos... gatos sem pelos de um quilo, sinuosos como doninhas, incrivelmente delicados, com pernas longas e magras, dentes afiados, orelhas grandes e olhos de um âmbar brilhante. Essa é apenas uma das linhagens exóticas que alcançam preços altíssimos nos mercados de gatos... gatos que voam e que planam... um gato de um azul-claro elétrico, que exala um leve cheiro de ozônio... gatos aquáticos com membranas entre os dedos dos pés (ele emerge com uma truta morta na boca)... delicados gatos de pântano, magros, de ossos leves e patas largas e chatas – conseguem deslizar com grande velocidade sobre areia movediça e lama... pequenos gatos lêmures com olhos enormes... um gato escarlate, laranja e verde com pele de réptil, um pescoço comprido e sinuoso e presas venenosas – o veneno é parecido com o do polvo de anéis azuis: dois passos e você cai de cara, uma hora depois, está morto... gatos gambás com um jato mortal que mata em segundos como garras no coração... e gatos com garras venenosas que secretam veneno de uma grande glândula no meio do pé.

E meus gatos, envolvidos em um ritual que remonta a milhares de anos, se lambem tranquilamente depois da refeição. Animais práticos, preferem que outros forneçam a comida... alguns conseguem. Deve ter ocorrido uma divisão entre os gatos que aceitaram a domesticação e os que não aceitaram.

De volta ao presente com um suspiro enfastiado. Cada vez haverá menos e menos animais exóticos e belos. O gato sem pelo mexicano já está extinto. Os pequenos gatos selvagens de um quilo e meio que podem ser facilmente domesticados estão cada vez mais raros, distantes espíritos perdidos e chorosos à espera da mão humana que nunca chega, frágeis e tristes como um barco de folhas mortas lançado por uma criança no laguinho de um parque. Ou os morcegos fosforescentes que surgem a cada sete anos para encher o ar com excessos impossíveis de perfume... os chamados distantes e melodiosos dos gatos morcegos e lêmures-voadores... as florestas tropicais de Bornéu e da América do Sul vão... dar lugar a quê?

Na Los Alamos Ranch School, onde mais tarde eles fizeram a bomba atômica e não esperaram muito para jogá-la no Perigo Amarelo, alguns meninos estão sentados em troncos e pedras, onde comem alguma comida. Há um riacho no fim de uma ribanceira. Havia um professor sulista com jeito e aparência de político que nos contava, em volta da fogueira, histórias cheias do lixo racista do insidioso Sax Rohmer – o Oriente é mau, o Ocidente, bom.

De repente surge um texugo no meio dos garotos – não sei por que ele fez isso, brincalhão, amistoso e inexperiente como os índios astecas que levaram frutas para os espanhóis, que cortaram fora suas mãos. Então o professor corre até seu alforje, saca seu Colt .45 automático de 1911 e começa a atirar no texugo. Erra todos os tiros, a menos de dois metros de distância. Finalmente bota o revólver a cinco centímetros do bicho e atira. Dessa vez, o texugo rola pela ribanceira até o rio. Eu vejo o animal atingido, seu rosto diminuindo, rolando a ribanceira, morrendo, sangrando.

– Você vê um animal e você o mata, não é? Ele podia ter mordido um dos meninos.

O texugo só queria brincar e fazer umas travessuras, e leva um tiro com um .45 do exército. Dá para entender *isso*? Para se identificar com *isso*? Sinta *isso*. E pergunte a si mesmo: que vida vale mais? A do texugo ou daquele perverso de merda branco?

Como diz Brion Gysin:

– O homem é um bicho mau.

Um documentário na TV sobre o Pé-grande. Pegadas e aparições nas regiões montanhosas do Noroeste. Entrevistas com moradores locais. Surge uma mulher desleixada de 150 quilos:

– O que, em sua opinião, deve ser feito com essas criaturas no caso delas existirem?

Uma sombra escura atravessa seu rosto feio e seus olhos reluzem com convicção.

– Matar todas! Elas podem machucar alguém.

Aos quatro anos, em Forest Park, St. Louis, eu tive uma visão. Meu irmão seguia na minha frente com uma espingarda de ar comprimido. Eu estava bem atrás e vi uma pequena rena verde mais ou menos do tamanho de um gato. Parecia nítida, clara e cheia de detalhes à luz do sol de fim de tarde, como se eu a visse por um telescópio.

Mais tarde, quando estudava antropologia em Harvard, aprendi que aquela fora uma visão de um totem animal e eu soube que jamais poderia matar um veado ou uma rena. Ainda mais tarde, quando fazia alguns experimentos cinematográficos com Anthony Balch, em Londres, acabei reconhecendo o ambiente estranho, imóvel e silencioso no qual a rena verde flutua. Era como o filme de um objeto (comparativamente) imóvel projetado em câmera lenta. Um velho truque fotográfico.

Outra visão mais ou menos na mesma idade: estou acordado ao amanhecer, no porão, e vejo homenzinhos cinzas brincando na minha casinha de madeira. Andam depressa, como um filme acelerado dos anos 1920... de repente.... eles somem. Fica só a casinha de madeira à luz cinzenta do amanhecer. Durante o tempo todo permaneço imóvel, uma testemunha silenciosa.

O ambiente mágico está sendo intimidado a desaparecer. Não há mais rena verde no Forest Park. Os anjos estão deixando todas as alcovas no mundo inteiro, o ambiente no qual unicórnios, pés-grandes e renas verdes existem está cada vez mais ameaçado, como as florestas tropicais e as criaturas que nela vivem e respiram. Quando as florestas são derrubadas para dar lugar a motéis, Hiltons e MacDonald's, morre também toda a magia do universo.

Em 1982, eu me mudei para uma casa de pedra no interior, a dez quilômetros de Lawrence. A casa havia sido reformada e tinha banheiro, aquecimento a gás e ar-condicionado. Tudo moderno e conveniente. Foi um inverno longo e frio. Quando chegou a primavera, notei uma sombra felina cinzenta que aparecia de vez em quando, e comecei a botar comida. A comida desaparecia, mas nunca consegui chegar perto do gato cinza.

Algum tempo mais tarde, consegui pela primeira vez ver Ruski com clareza. Eu estava voltando do celeiro com Bill Rich depois de uma sessão de tiros e ele apontou:

– Olhe só um gato, bem novo.

Vislumbrei uma forma cinza-púrpura ágil e flexível que pulou da varanda dos fundos. Devia ter uns seis meses de idade, um gato cinza-azulado com olhos verdes... Ruski.

Foi em uma tarde de abril, pouco antes de anoitecer. Saí para a varanda dos fundos. Na extremidade da varanda estava o primeiro gato cinza, e a seu lado, um gato branco grande que eu nunca vira antes. Então o gato branco veio em minha direção e se esfregou na mesa devagar, oferecido. Finalmente rolou aos meus pés, ronronando. Sem dúvida o gato cinzento o trouxera para estabelecer uma conexão.

Achei o gato branco atirado demais e não o deixei entrar em casa. Entretanto, ele voltou duas noites depois, e, dessa vez, eu o deixei entrar.

Três de maio de 1982. Eu ia ficar louco se morasse no mesmo apartamento que esse gato. Ele fica nos meus pés, se esfrega na minha perna, rola à minha frente ou pula sobre a mesa para brincar com a máquina de escrever. Agora está em cima da TV, sobre a tábua de carne, na pia, está brincando com o telefone.

Estou bebendo um drinque, encostado no aparador. Eu achava que ele estava lá fora, mas, de repente, ele pula em cima da pia e põe a cara a poucos centímetros de meu rosto. Eu o boto para fora e fecho a porta... ele parece um menino árabe que sabe estar fazendo uma travessura, sabe que, mais cedo ou mais tarde, vai ser posto para fora. Sem estardalhaço, ele vai embora, se enfia por um caminho ao cair do crepúsculo e desaparece. Ao partir, ele me deixa com um leve sentimento de culpa.

Não me lembro exatamente quando Ruski entrou na casa pela primeira vez. Lembro que eu estava sentado em uma poltrona perto da lareira com a porta da frente aberta. Ele me viu a quinze metros de distância e correu. Soltava uns ruídos agudos que nunca ouvi outro gato fazer, e pulou em meu colo. Aconchegou-se ronronando e botou as patinhas perto do meu rosto. Dizia que queria ser meu gato.

Mas eu não o escutei.

Nasceram três gatinhos na Casa de Pedra. A mãe era uma gatinha malhada preta e branca. Obviamente o pai era o gato branco grande. Um filhote era albino. Os outros dois eram predominantemente brancos, à exceção das caudas e das patas, que iam do marrom ao negro. O macho cinza grande cuidava dos filhotes como se fossem seus. Era cinzento como Ruski, exceto pelo peito e pela barriga brancos. Eu o chamei de Horatio. Era um gato nobre, viril, e tinha uma personalidade forte e doce.

Ruski odiava os gatinhos. *Ele* era o gatinho fofo. Aqueles eram os intrusos. A única vez em que bati em Ruski foi quando atacou um dos filhotes, e também vi a mãe expulsá-lo do celeiro quando os filhotes estavam lá. E Ruski morria de medo de Horatio. Certa noite, na varanda dos fundos, Horatio se aproximou de Ruski. (Na época, ele ainda não era Ruski. Eu ainda não sabia que ele era um azul russo. Eu o chamava de Smoky.) Ele se aproximou de um jeito despreocupado mas determinado e partiu para cima de Smoky, que correu para baixo da mesa.

Observei que, nas brigas de gatos, o agressor quase sempre sai vencedor. Se um gato está levando a pior em uma briga, não hesita em fugir, enquanto um cão pode lutar estupidamente até a morte. Como meu velho professor de jiu-jitsu disse:

– Se seu truque não funcionar, é melhor correr.

8 de maio de 1982. Hoje a gata matou um coelho meio crescido. Olhei através da janela panorâmica e a vi arrastar o coelho na boca para baixo da varanda. James ficou horrorizado. Mais tarde, na varanda, ela lambia o sangue das patas com uma expressão muito satisfeita. Eu não ligo muito para coelhos. Eles não são nada bonitinhos, nem os pequenos. Tudo o que fazem é tentar escapar das nossas mãos de um jeito estúpido e nervoso, e coelhos grandes podem dar uma mordida bem feia. Tentei resgatar os restos mortais antes que eles se manifestassem e começassem a assombrar a varanda com o terrível fedor da carniça. Não vi coisa alguma da beirada acessível da varanda, e não tenho a intenção de rastejar até lá embaixo.

9 de maio de 1982. Hoje de manhã descobri o que restou do coelho que ela matou... um pouco de pele e ossos mastigados espalhados perto da varanda, que já juntava moscas. Os filhotes o destroçaram e comeram. Ela assume completamente seu papel de caçadora e traz carne para os jovens. Os gatinhos ficam por ali. Fazem travessuras e pulam em cima dos gafanhotos. Eles comem e dormem e brincam.

Há um laguinho em forma de feijão em frente da janela panorâmica. Eu o limpei e botei lá dentro alguns peixes dourados grandes que comprei em uma loja de iscas. Os gatos sempre tentam pegar os peixes, mas não conseguem. Uma vez o gato branco saltou sobre um sapo que estava do outro lado do lago. O sapo mergulhou e o gato caiu dentro d'água. Ele é propenso a se meter em problemas.

3 de junho de 1982. Talvez eu devesse fazer um desses livros alegres tipo "como reformei minha casa de campo"... *O primeiro ano no Jardim*... um capítulo sobre o Gato Branco que foi mordido por um cachorro, e o gato cinza... que belo animal. Nós o chamamos de Smoky, em homenagem ao coronel Smoky, o policial da divisão de narcóticos em *Narcotic Agent*, de Maurice Hildebrant, que vinha junto com *Junky* na edição da Ace.... bem, Smoky está se transformando em um verdadeiro incômodo. Ele se esfrega em mim o tempo todo, bota a cara perto do meu rosto, esfrega a cabeça na minha mão e vai atrás de mim quando estou tentando atirar. Parece uma assombração. Estou à procura de um bom lar para Smoky.

Quando leio estas notas, que eram apenas um diário de meu ano na Casa de Pedra, fico completamente estarrecido. Tantas vezes, ao olhar para minha vida, exclamo: "Meu Deus, quem é esse?". Visto daqui pareço uma caricatura horrenda de alguém que, para começar, já é bem horroroso... insensível, calejado, sorridente e complacente... "Foi mordido por um cachorro." "Deixar alguém com um leve sentimento de culpa." "...Parece um menino árabe que sabe estar fazendo uma travessura"... voz de velha rainha* inglesa presunçosa... "Estou à procura de um bom lar para Smoky."

---

* *Queen*, em inglês, também é gíria para homossexual. (N.T.)

O gato branco simboliza a lua prateada que se intromete nos cantos e purifica o céu para o dia seguinte. O gato branco é "o limpador", ou "o animal que se limpa", descrito pela palavra em sânscrito *Margaras*, que significa "o caçador que segue a trilha; o investigador; o rastreador ágil". O gato branco é o caçador e o matador, e seu caminho é iluminado pela lua prateada. Todos os lugares e pessoas escondidos nas sombras são revelados sob essa luz suave inexorável. Você não consegue afastar seu gato branco porque seu gato branco é você. Não pode se esconder de seu gato branco, porque seu gato branco se esconde com você.

Para mim o gato branco é um mensageiro que me intima a enfrentar o horror da devastação, do ponto de vista da seção de animais do Dillon's. Eu perseguia meus gatos com uma arma em uma casa em destroços. A visão me deixou desolado e tomei a decisão férrea de evitar essa atrocidade. Precisamos de um milagre. Deixe os detalhes com o Joe...

Joe bota uma caixa sobre a mesa da sala de reuniões. Dela tira com delicadeza um gato branco. Os membros da diretoria se escondem embaixo da mesa, gritando:

– O GATO BRANCO! O GATO BRANCO!

Um ritual de iniciação para os altos escalões da SS nazista era arrancar os olhos de um gato depois de alimentá-lo e acariciá-lo por um mês. Esse exercício foi criado para eliminar qualquer envenenador vestígio de piedade e moldar um *Übermensh* completo. Há um sólido postulado mágico envolvido: o praticante alcança um status super-humano ao desempenhar uma ação revoltante, atroz e subumana. No Marrocos, os homens mágicos ganham poder comendo o próprio excremento.

Mas arrancar os olhos de Ruski? Que se pague por isso sob um céu radioativo. O que um homem ganha com isso? Eu não poderia ocupar um corpo que conseguisse arrancar os olhos de Ruski. Então *quem* ganhou o mundo todo? Eu, não. Qualquer barganha que envolva a troca de valores qualitativos como amor por bichos pela vantagem quantitativa não é apenas desonrosa. O homem não pode estar mais errado. Isso também é tolo. Por que *você* nada ganha. Vendeu o seu *você*.

– Bem, e como um belo corpo de cabelos ruivos agarra você?

Sim, Ele sempre vai encontrar um trouxa como Fausto, para vender sua alma por um vibrador. Você quer sexo adolescente, precisa pagar por isso com medo, vergonha e confusão adolescentes. Para desfrutar de uma coisa é preciso estar lá. Você não pode chegar só para a sobremesa, querido.

Lembro-me da única vez em que bati em Ruski por atacar um dos filhotes. O jeito como ele me olhou, o choque e a dor, era idêntico ao olhar que recebi de meu amigo* Kiki. Eu estava sonolento e mal-humorado. Ele chegou e começou a me provocar, e eu acabei lhe dando um tapa. Nos dois casos tive de me desculpar. Ruski desapareceu, mas eu sabia onde ele estava. Fui até o celeiro, encontrei-o e o trouxe de volta. Kiki ficou ali sentado com uma lágrima no canto do olho. Eu pedi desculpas e por fim ele voltou a se aproximar de mim.

---

* Em espanhol no original (N.T.)

O grande gato branco tornou-se o primeiro gato da casa e ele e Ruski dormiam juntos no mesmo sofá, em uma comunhão fraternal. Um dia o gato branco grande apareceu com uma ferida feia, claramente provocada por um cão. Os dentes haviam rasgado sua carne dos dois lados na base da cauda, provavelmente quando ele fugia, e ele conseguiu escapar ou subir em uma árvore. Hoje eu me culpo por não tê-lo levado ao veterinário. Apenas esfreguei um pouco de pomada de penicilina e ele parecia a caminho da recuperação. Então um dia ele desapareceu e nunca mais foi visto.

Um carro? Um cão? Um coiote? Talvez outro lar?

– Acho que ele morreu, Bill – disse James.

Há momentos cruciais em qualquer relacionamento, momentos decisivos. Eu estava em Naropa havia dez dias. Durante minha ausência, Bill Rich foi todos os dias em minha casa para alimentar os gatos.

Eu tinha voltado. Era fim de tarde, na varanda dos fundos. Vi Ruski, mas ele se afastou. Então rolou de lado e se ofereceu, mas sem muita segurança. Eu o afastei e sentei na beira da varanda. Houve, então, um momento em que ele claramente me reconheceu. Começou a miar e a ronronar e a se aconchegar em mim. Nesse instante, finalmente descobri que ele era meu gato, e resolvi levá-lo comigo quando deixasse a Casa de Pedra.

Um dia, na Casa de Pedra, antes que qualquer dos gatos fosse morar lá dentro, eu estava dando uns tiros no celeiro quando olhei para o topo de uma pilha de madeira atrás do meu alvo e vi um gatinho branco. Guardei minha arma no coldre, fui até lá devagar, e então vi a mãe gata ali no alto da pilha de madeira, cercada por três filhotes. Ela se aproximou e esfregou a cabeça na minha mão.

– Estou vendo que o senhor é um homem bom, Xerife. Tome conta de mim e de meus bebês.

A simplicidade do gesto foi muito emocionante. Milhares de anos de gatas naquele gesto, e os bebês atrás dela:

– Esta é minha criação... o melhor que posso fazer... o que tenho de fazer.

Para aqueles entre vocês que nunca viveram no campo (estou falando de campo de verdade, não dos Hamptons), uma palavrinha sobre gatos de celeiro. A maioria das fazendas têm gatos de celeiro para combater os ratos e camundongos. Esses gatos são minimamente alimentados com leite desnatado e restos de comida. Do contrário, não caçam. Claro que frequentemente um gato de celeiro vira gato de casa. E é isso que todo gato de celeiro, todo gato de rua, quer. Acho profundamente comovente essa tentativa desesperada de conquistar um protetor humano.

Eu me pergunto se cães e gatos deixam sinais, como fazem os andarilhos.*

CUIDADO COM O CÃO.
AFASTE-SE DESTE LOCAL. VELHO MALUCO ARMADO.
BOM PARA CONSEGUIR COMIDA.

Ou estrelas, como em um Guia Michelin:

COMIDA ROUPA DINHEIRO E CIGARROS. SERVIÇO 3 ESTRELAS.
COMIDA E BEBIDA. SERVIÇO DE PRIMEIRA. 5 ESTRELAS.

Percebi que os cachorros vira-latas nunca passavam pela Casa de Pedra.

ESTA PORRA É UMA CASA SÓ DE GATOS.

---

* Os vagabundos que perambulavam pelos Estados Unidos desenvolveram um código próprio de sinais para se comunicar. Marcas deixadas em cercas e muros indicavam, por exemplo, lugares onde a polícia era mais tranquila, a população, mais generosa ou a cadeia, mais confortável. (N.T.)

Meu contrato de aluguel da Casa de Pedra estava prestes a vencer e eu comprei uma casa em East Lawrence. Localizada em quatro mil metros quadrados de terreno arborizado em uma rua silenciosa, é ideal para gatos. Um mês antes de me mudar, o gato branco desapareceu. De outra forma, eu o teria levado comigo, já que Ruski e o gato branco coexistiam em perfeita harmonia. Eu senti muito ao deixar Horatio para trás, mas ele não se dava bem com Ruski, e a fêmea e os filhotes precisavam dele. O novo inquilino, Robert Sudlow, um conhecido pintor do Kansas, prometeu cuidar dos gatos que ficaram.

Anotações do início de 1984: minha ligação com Ruski é um fator básico em minha vida. Quando eu viajar, alguém que Ruski conhece e em quem confie precisa vir morar na casa para cuidar dele e chamar o veterinário se houver algum problema. Eu cubro todas as despesas.

Quando Ruski estava no hospital com pneumonia, eu ligava várias vezes por dia. Lembro-me que, uma vez, houve uma pausa longa antes que o doutor atendesse o telefone e dissesse:

– Sinto muito, sr. Burroughs...

O pesar e a desolação baixaram sobre mim, mas ele estava apenas se desculpando pela longa espera.

– Ruski está se recuperando bem... a temperatura baixou... acho que ele vai sair dessa.

E meu entusiasmo na manhã seguinte:

– Está quase normal. Mais um dia e ele pode ir para casa.

ED DESAPARECEU. GATINHO ALBINO ADORÁVEL, TODO BRANCO, COM OS OLHOS BRANCOS E ROSADOS. ESTÁ USANDO UMA COLEIRA DE PULGAS. OFEREÇO RECOMPENSA. LIGAR PARA 841-3905.

Sinto mais falta de Ed por suas travessuras que por seus momentos de afeição. (Ele desapareceu há umas 24 horas. Não, mais para 48. Voltamos de Paris na sexta-feira 13, e ele fugira duas horas antes.) Ontem comprei comida de gato. Eu costumava guardar as latas no parapeito da janela acima da pia, e Ed subia até lá e derrubava todas elas na pia. Um barulho terrível que sempre me acordava. O que você fez agora, Ed? Um prato quebrado, um copo derrubado no chão e quebrado... Então comecei a guardar as latas no armário, onde ele não teria acesso.

Agora, quando tiro a comida de gato da bolsa de compras, olho para o parapeito e penso, "Bem, agora posso guardar as latas aí". E nesse momento sinto a dor lancinante da perda, perda de uma presença amada, por menor que fosse.... o gritinho que ele dava quando eu o pegava para que deixasse de perturbar Ruski... uma dor lancinante de perda, de ausência, a perda de meu macaquinho branco selvagem (como eu o chamava). Ele sempre entrava em todos os lugares. Eu abria a gaveta dos talheres e ele subia até lá e deslizava para dentro. Onde ele está, agora? Botei as latas de comida para gatos de volta na janela, na esperança de que ele volte e as derrube. E nas últimas duas noites deixei acesas as luzes da varanda.

Eu me lembro da primeira vez que vi Ed. James apontou para ele, embaixo da varanda dos fundos.

– Estou vendo um gatinho branco.

Tentou agarrar o gato para levá-lo para dentro de casa, mas ele deu um berro e fugiu pelo laguinho, espirrando água. Tempos depois, quando eu alimentava os três filhotes, Ed ficou dócil. Ronronava em meu colo enquanto eu o acariciava. Quando deixamos a Casa de Pedra, James e Ira levaram Ed para morar em seu apartamento na Louisiana Street. Ele cresceu como um gato de casa, sem contato com o exterior. Então foi trazido aqui para a minha casa. Houve problemas entre ele e Ruski e cheguei a cogitar dar Ed para Phil Haying ou outra pessoa. Eu estava muito relutante em vê-lo partir, esperava que se ajustasse e se desse bem com Ruski. Sem dúvida, ele estava faminto de contato com outro gato. Chegava a lamber a cara de Ruski.

A imagem da vasilha de comida vazia de Ed... Ele sempre comia em uma vasilha pequena no quarto da frente. O potinho branco de comida de Ed, com detalhes verdes em torno da borda, pedaços de comida de gato seca presos nos lados, ainda está em uma prateleira no quarto da frente.

Os antigos egípcios pranteavam a perda de um gato e raspavam as sobrancelhas. E por que a perda de um gato não pode ser tão tocante e sentida quanto qualquer perda? As pequenas mortes são as mais tristes, tristes como a morte de macacos.

Tob Tyler aconchega o macaco moribundo nos braços.

O velho fazendeiro está de pé diante do muro inacabado.

Os quadros são gravuras em livros antigos.

Os livros se desfazem em pó.

Quinta-feira, 9 de agosto de 1984. Meu relacionamento com meus gatos salvou-me de uma ignorância mortal, absoluta. Quando um gato de celeiro encontra um protetor humano que o promova a gato de casa, ele costuma exagerar da única maneira que sabe: ronrona, se aconchega e se esfrega, e rola de costas para chamar a atenção. Agora eu acho isso muito tocante e me pergunto como posso ter achado um incômodo. Todos os relacionamentos são baseados na troca, e todo serviço tem seu preço. Quando o gato fica seguro de sua posição, como Ruski está agora, ele se torna menos efusivo, que é como deve ser.

Eu me lembro de um gato branco em Tânger, no número 4 da Calle Larachi, o primeiro gato a entrar em casa... ele desapareceu. E de um belo gato branco, que ficava em cima de um muro de barro vermelho ao pôr do sol, de onde se avistava toda Marrakech. E de um gato branco em Algiers, em frente a Nova Orleans, do outro lado do rio. Eu me lembro de um *miiiaaaauu* fraco, triste, quase um lamento ao crepúsculo. O gato, muuito doente, estava deitado embaixo da mesa da cozinha. Ele morreu durante a noite.

Na manhã seguinte, no café (será que os ovos quentes estavam no ponto certo?), quando sentei com os pés sob a mesa, toquei no gato e senti que ele estava frio e duro. Como não queria traumatizar as crianças, resolvi soletrar aquilo para Joan.

– O gato branco está M-O-R-T-O.

Julie, então, olhou sem expressão para o gato morto e disse:

– Leve ele lá para fora porque está fedendo.

Uma piada de salão para o pessoal da *New Yorker*. Não tem mais graça... um gato de rua magro é jogado fora com o lixo. O gato branco na Cidade do México: eu bati com um livro na cara dele. Posso ver o gato atravessar a sala correndo e se esconder embaixo de uma poltrona toda velha. Posso ouvir os ouvidos do gato zumbirem por causa do golpe. Eu estava literalmente me ferindo e não sabia.

Então o sonho no qual uma criança me mostrava seu dedo que sangrava e eu, indignado, exigi saber quem havia feito aquilo. A criança me conduziu a um quarto escuro e apontou o dedo sangrento para mim, e acordei gritando:

– Não! Não! Não!

Não acho que é possível escrever uma autobiografia totalmente honesta. Tenho certeza de que ninguém aguentaria lê-la: *Meu passado era um rio maldito.*

O contato animal pode alterar o que Castañeda chama de "pontos de aglutinação". Como o amor materno. Hollywood tornou-o muito piegas. Andy Hardy cai de joelhos ao lado da cama de sua mãe. O que há de errado nisso? Um garoto americano decente rezar por sua mãe. O que há de errado nisso?

– Vou dizer o que há de errado nisso, B.J. Isso é uma merda. Uma babaquice sentimental que destrói a verdade que está por baixo.

Eis uma mamãe foca em cima de um bloco de gelo com seu filhote. Ventos de cinquenta-quilômetros-por-hora, trinta graus abaixo de zero. Veja seus olhos, apertados, amarelos, selvagens, enlouquecidos, tristes e desesperançados. O fim da linha de um planeta condenado. Ela não pode mentir para si mesma, não pode tentar inventar algo patético para uma autoglorificação verbal. Lá está ela, sobre o bloco de gelo com o filhote. Ela move a massa de 250 quilos para formar um abrigo. Um dos filhotes teve o ombro rasgado por um macho adulto. Provavelmente não vai sobreviver. Todos têm de nadar até a Dinamarca, a quase mil quilômetros de distância. Por quê? As focas não sabem por quê. Precisam chegar à Dinamarca. Todas elas precisam chegar à Dinamarca.

Alguém disse que os gatos são o animal mais distante do modelo humano. Isso depende da linhagem de humanos a que você está se referindo e, é claro, a que gatos. Acho que, às vezes, os gatos são estranhamente humanos.

Em 1963, Ian Sommerville e eu tínhamos acabado de nos mudar para a casa nº4 da Calle Larachi, em Tânger. Vários gatos estavam reunidos diante da porta aberta. Zanzavam de um lado para outro, mas tinham medo de chegar mais perto. Um gato branco se aproximou. Estendi a mão. O gato, que andava de um lado para o outro sem se afastar, arqueou as costas e ronronou sob meu carinho, como os gatos têm feito desde que o primeiro deles foi domesticado.

Os outros gatos rosnaram e gemeram em protesto.

– Puxa-saco!

Agosto de 1984. James estava no centro da cidade, na esquina da Seventh com Massachusetts, quando ouviu um gato miar muito alto, como se estivesse sofrendo. Foi ver o que estava errado e o gatinho preto pulou em seus braços. Ele o trouxe para casa e, quando eu comecei a abrir uma lata de comida de gato, a pequena fera pulou sobre a bancada e correu para a lata. Comeu até não aguentar mais, encheu de cocô a caixa de areia e depois cagou no tapete. Eu o chamei de Fletch. Ele é todo vistoso e charmoso e garboso, a glutonaria transformada pela inocência e a beleza. Fletch, o filhotinho preto enjeitado, é um animal raro e delicado, com um pelo negro reluzente, uma cabeça preta elegante parecida com a de uma lontra, magro e esbelto, com olhos verdes.

Depois de dois dias na casa, ele pulou na minha cama e se aconchegou contra mim, ronronando e com as patinhas perto do meu rosto. Ele é um macho de uns seis meses com manchas brancas no peito e na barriga e não foi castrado.

Prendi Fletch em casa durante cinco dias para que não fugisse, e quando o deixei sair ele correu direto para cima de uma árvore de quinze metros de altura. A cena tem um toque de *Noite de carnaval* de Rousseau... uma lua enevoada, adolescentes comendo algodão-doce, luzes na avenida principal de um parque de diversões, música de circo alta, e Fletch a quinze metros de altura, e não desce de jeito nenhum. Será que chamo os bombeiros? Então Ruski sobe na árvore e traz Fletch para baixo.

Um ano mais tarde, o filho de Ruski com Calico Jane fica preso na mesma árvore. Está escurecendo. Eu posso vê-lo lá em cima com a lanterna, mas ele não desce, então telefono para Wayne Propst. Ele diz que vem com uma escada. Vou lá fora, aponto a lanterna para a árvore e vejo a coleira vermelha de Fletch. E ele traz o gatinho para o chão.

Eu dou quatro estrelas de fofura para Fletch. Como a maioria das qualidades, a fofura é delineada pelo que ela não é. A maioria das pessoas não são nem um pouco fofas, ou, quando são, logo crescem e perdem a fofura.... Elegância, graça, delicadeza, beleza e nenhuma inibição; uma criatura que sabe que é fofa logo deixa de sê-lo.... Tamanho diminuto: um leopardo é grande demais e perigoso demais para ser fofo... Inocência e confiança. Eu me lembro uma vez, quarenta anos atrás, lá no leste do Texas, onde eu plantava maconha. Estava examinando uma planta e, quando olhei para cima, vi um filhotinho de gambá. Estendi a mão e o acariciei, e ele olhou para mim com absoluta confiança.

Um dos animais mais fofos do mundo é a raposa-da-areia. Ela mal pode derrotar um camundongo. Ela se borra de medo à visão de um esquilo. Vive principalmente de ovos, penetra escondida no galinheiro como um pequeno fantasma cinzento... SWAAAAAALLLKKK!! Tarde demais. Ela já comeu um ovo e escapou. As mais ousadas caçam pelados filhotes de passarinhos nos ninhos. Rápida e furtiva, ela penetra ali com uma minhoca nos dentes, e eles acham que aquela é a mamãe e abrem seus biquinhos amarelos. Ela morde suas gargantas e chupa avidamente o sangue, arrancando nacos do peito. Seus olhos reluzem de alegria, com sangue sobre o focinho preto pequeno e os dentinhos de agulha. Parece um moleque que devora um doce com muita avidez. É quase repulsivo. Mas inocentada pela beleza e a inocência, ela dá uma golfada e vomita calda de morango na camisa do diretor.

– Eu digo que estou profundamente arrependido. Não vai acontecer de novo. Só deixe que eu ajude a limpar o senhor.

Ela corre e volta com um pano de chão imundo pingando água suja e esfrega o pano no diretor.

– O senhor vai ficar limpo rapidinho, diretor.

Ela esfrega aquela água imunda no diretor atordoado.

– Se me permite dizer, isso aqui é uma verdadeira espelunca. Meu Deus, olha só a meleca que caiu no seu prato, cara.

Ela dá um tapa na cara do diretor e o derruba de sua cadeira.

Um inglês classe alta que odeia gatos me confidenciou que tinha treinado um cachorro para quebrar a espinha de um gato com apenas uma sacudida. E lembro-me que ele avistou um gato certa vez em uma festa e rosnou por entre os grandes dentes amarelos de cavalo que enchiam sua boca:

– Bichinho repugnante!

Na época, eu estava impressionado por sua classe e nada sabia de gatos. Hoje eu acho que levantaria da cadeira e diria:

– Peço, por favor, que me desculpe, sua coisa velha, por ter de partir agora, mas percebo haver um enorme bicho repugnante por aqui.

Vou aproveitar esta oportunidade para denunciar e execrar a vil prática inglesa de caçar a cavalo e com cães. Dessa forma, os caçadores estúpidos podem observar uma bela e delicada raposa ser dilacerada por seus cães fedorentos. Encorajados por esse espetáculo grosseiro, retornam à sede da propriedade para ficar ainda mais bêbados do que já estão. Não são melhores que suas bestas imundas e bajuladoras, que comem merda, rolam em carniça e assassinam bebês.

Aviso a todos os jovens casais que estão esperando um evento abençoado: *Livrem-se do cachorro da casa.*

– O quê?! Nosso Fluffy fazer mal a uma criança? Isso é ridículo!

Que nossas crianças vivam o suficiente para concordar, ó mãezinha... Ela acaricia e brinca com o filho, com voz igual à de um bebê, quando Fluffy, em um rasgo de ciúmes, corre até o neném, morde sua cabeça, perfura seu crânio e o mata.

Os cães são o único animal além do homem com um conhecimento do certo e errado. Por isso Fluffy sabe o que esperar quando é arrancado de baixo da cama onde se escondeu. Ele percebe toda a dimensão da sua transgressão. Nenhum outro animal faria esse raciocínio. Os cães são o único animal que se têm em alta conta.

Chutei Fletcher por acaso. Ele estava dormindo na porta do meu quarto e saiu correndo. Eu o trouxe de volta e o botei na cama, e logo ele estava ronronando, então dormiu de costas. Sua cara parece uma mistura de gato e morcego e macaco... o topo de sua cabeça é de um negro macio e reluzente, as orelhas cheias de penugem parecem as de um morcego. O rosto, com seu focinho preto e lábios longos e expressivos, é como o de um macaco triste. É fácil imaginar um gato-morcego, as asas negras de couro reluzentes, os dentinhos afiados, os olhos verdes brilhantes. Todo o seu corpo irradia uma doçura pura e selvagem que esvoaça pelas florestas à noite com gritinhos melodiosos, em alguma missão enigmática. Também há uma aura de perdição e tristeza sobre aquela criaturinha esperançosa. Ele foi abandonado várias vezes ao longo dos séculos, deixado para morrer em ruelas frias nas cidades, em terrenos baldios quentes ao sol do meio-dia, cacos de cerâmica, urtigas, paredes de barro em ruínas. Ele gritou muitas vezes por ajuda, em vão.

Ronronando enquanto dorme, Fletch estica as patinhas pretas para tocar minhas mãos, as garras encolhidas, um toque bem suave para assegurá-lo de que estou ali ao seu lado enquanto ele dorme. Ele provavelmente me vê no sonho. Dizem que os gatos não distinguem as cores: um preto e branco granulado, um filme de prata tremeluzente cheio de falhas quando saio do quarto, volto, o apanho e o ponho na cama. Quem poderia ferir uma criatura como essa? Treinar seu cão para matá-lo! O ódio pelos gatos reflete um espírito feio, estúpido, grosseiro e intolerante. Não pode haver acordo com esse Espírito Feio.

Elogiei a raposa chamada feneco, uma criatura tão delicada e assustada em seu estado selvagem que, se tocada por mãos humanas, morre de medo. A raposa-vermelha, a raposa-prateada, a raposa-de-orelha-de-morcego do Norte da África... todas belas feras. Lobos e coiotes em estado selvagem são aceitáveis. O que deu tão errado com o cachorro doméstico? O homem moldou o cachorro doméstico à sua pior imagem... Virtuoso aos seus próprios olhos como uma multidão em um linchamento, servil e maldoso, cheio das piores perversões coprofágicas... e que outro animal tenta transar com a nossa perna? A pretensão canina à nossa afeição fede a sentimentalidade fraudulenta e fingida. O principal pranteador do Velho Pastor. Levaram três dias para encontrar o velho, e quando o acharam, o cachorro já tinha devorado seu rosto. Ele ergue os olhos com um sorriso de quem comeu merda e rola na carniça.

Não sou uma pessoa que odeia cães. Odeio aquilo em que o homem transformou seu melhor amigo. O rosnado de uma pantera, sem dúvida, é mais perigoso que o rosnado de um cão, mas não é feio. A fúria de um gato é bela, incandescente com a pura chama felina, todo o seu pelo eriçado lançando fagulhas azuladas, os olhos ardentes e crepitantes. Mas o rosnado de um cão é *feio*, o rosnado de uma multidão de brancos racistas no linchamento de um paquistanês... o rosnado de alguém que usa um adesivo "Mate uma bicha por Jesus", um rosnado hipócrita e nervoso. Quando você vê esse rosnado, está olhando para algo que não tem rosto próprio. A fúria de um cão não é dele. É ditada por seu treinador. E a fúria de uma multidão em um linchamento é ditada pelo condicionamento.

Quinta-feira, 4 de outubro de 1984. O ódio feio, sem sentido e histérico é extremamente assustador em pessoas ou animais. Meus sonhos foram assombrados por arquetípicas matilhas de cães.... Estou em um beco sem saída oval no final de um túnel longo e macio. No fundo dessa câmara há uma forte tração magnética. Se chegar perto demais, ela puxa você para dentro do útero. Eu recuo bem a tempo. Allen Ginsberg está a meu lado com um mantra:

– Fecho a antiga Porta do Útero. Não quero voltar para lá.

Então ouço o som de um latido, abafado pelas paredes macias do corredor, mas inconfundível:

– OS CÃES! OS CÃES!

Agora mais perto, uma matilha de cérberos rosnando selvagens. Então Allen puxa uma corda mágica indiana para fazer levitar uma plataforma, mas ela não é alta o suficiente e eu acordo chutando os cães que pulam e tentam me derrubar.

A melhor hora para afagar um gato é quando ele está comendo. Essa não é a hora de acariciar um cachorro. É bom acariciar um gato adormecido. Ele se estica e ronrona enquanto dorme. É melhor não incomodar os cães que estão dormindo. Eu me lembro no festival de poesia em Roma, quando John Giorno e eu descemos para o café. Um cachorro grande dormia no chão.

– Esse é um cachorro muito manso – disse John, e se inclinou para afagar a fera, que rosnou ameaçadoramente e mostrou os dentes amarelos.

12 de setembro de 1984. Às vezes Fletch me morde insolentemente quando tento tirá-lo de um lugar divertido onde ele quer ficar. Não com força suficiente para machucar, só um irritante beliscão adolescente...

– Me deixe em paz! Eu quero brincar!

Há alguns minutos ele soube que eu ia tirá-lo de lá. Como não queria sair, correu para baixo de uma escrivaninha baixa, onde eu não podia alcançá-lo. Uma reação de criança humana.

Eu já disse que gatos servem como Familiares, companheiros psíquicos. "Eles são mesmo uma companhia." Os Familiares de um velho escritor são suas memórias, cenas e personagens de seu passado, real ou imaginário. Um psicanalista diria que eu estou simplesmente projetando essas fantasias em meus gatos. Sim, de maneira bem simples e literal, os gatos servem como telas sensitivas para atitudes bastante precisas quando escalados em papéis apropriados. Os papéis podem mudar e um gato pode assumir vários papéis: minha mãe; minha esposa, Joan; Jane Bowles; meu filho, Billy; meu pai; Kiki e outros amigos*; Denton Welch, que me influenciou mais que qualquer outro escritor, apesar de nunca termos nos conhecido. Os gatos podem ser meu último elo vivo com uma espécie moribunda.

---

* Em espanhol no original. (N.T.)

E Calico Jane está muito bem no papel de Jane Bowles... tão delicada, refinada e especial. (Em um restaurante à beira-mar em Tânger, um moleque feio e sujo a cutucou e estendeu sua mãozinha imunda para acariciá-la. "Oh, não", disse ela. "Eu só gosto de velhos."

A gatinha tem mesmo classe. É, também, muito feminina.

Eu estava presente quando Jane nasceu. Ela foi a primeira a mamar e a primeira a comer comida sólida. Foi a última a ronronar. (Wimpy foi o primeiro.) Parecia quase catatônica e se desenvolveu devagar. Agora ela ronrona e se aconchega a mim de um jeito delicado. Com muita elegância. Janie faz as coisas como uma dama.

Joan não gostava quando tiravam fotos dela. Quase sempre ficava fora das fotos de grupo. Como minha mãe, tinha uma qualidade ilusória, etérea.

Minha mãe passou os últimos quatro anos de sua vida em uma casa de repouso chamada Chateins S. Louis.

– Às vezes ela me reconhece. Às vezes, não – contou meu irmão, Mort.

Durante esses quatro anos eu nunca fui visitá-la. De vez em quando, mandava postais. E seis meses antes de sua morte, enviei um cartão de Dia das Mães. Havia um poema piegas horroroso nele. Eu me lembro de me sentir "vagamente culpado".

O livro dos gatos é uma alegoria, na qual a vida passada do escritor se apresenta a ele como uma charada felina. Não que os gatos sejam marionetes. Longe disso. Eles são criaturas vivas que respiram, e quando se tem contato com qualquer outro ser, isso é triste: porque você vê as limitações, a dor e o medo e a morte final. É isso que significa contato. Isso é o que vejo quando toco um gato e percebo as lágrimas escorrerem por meu rosto.

Fletch, o gato moleque, o garoto que arranha as tapeçarias. Ele acabou de pular na mesa onde eu estava lendo. Depois, irritado pela fumaça de cigarro vinda do cinzeiro, pulou sobre a cadeira onde eu havia pendurado o casaco e derrubou-a. Foi bastante deliberado. O adorável gato demoníaco. E tão triste em suas limitações, sua dependência, seus gestos histriônicos e patéticos.

A ideia de qualquer pessoa maltratá-lo! Ele foi maltratado tantas vezes ao longo dos séculos, meu pequeno Fletch negro com sua capa reluzente e seus olhos de âmbar. A maneira como ele repentinamente entra no quarto enquanto estou deitado, preguiçoso e sem a menor disposição de lidar com a interminável mina de sal de *The Western Lands*. A maneira como pula sobre meu peito, se aconchega contra mim e leva as patinhas até meu rosto. Outras vezes seus olhos estão inteiramente tomados pelas pupilas negras, como clara indicação de "Cuidado!", como um cavalo com as orelhas para trás. Nessas horas, ele morde e arranha.

Ginger interpreta Pantapon Rose, uma velha cafetina de bordel de St. Louis, na Westminster Street. Ela sempre me levava para uma alcova protegida por cortinas perto da saída, a menos que, ao entrar, eu encontrasse algum dos amigos de meu pai. Uma mulher prática e dura, de uma família de fazendeiros nas montanhas Ozarks. Ginger era a namorada de Ruski e estava sempre por perto. Então comecei a alimentá-la e a torcer para que fosse embora. Que coisa mais americana: "Quem está na porta? Dê a ele um pouco de dinheiro e mande-o embora". Claro que ela não foi embora. Em vez disso, deu à luz quatro gatinhos marrons-alaranjados na varanda dos fundos, todos réplicas de si mesma. Não creio que Ruski tivesse nada a ver com isso. Minha amiga Patricia Marvin conseguiu dar os quatro sem muita dificuldade – uma das vantagens de viver em uma cidade pequena. Você conhece gente amiga e cooperativa.

Demorei um bom tempo para deixar Ginger entrar em casa, mas veio uma onda de frio com temperaturas de quinze graus negativos, e quando chegou a menos vinte, tive de deixá-la entrar, atormentado pela ideia de encontrar seu cadáver congelado na varanda. Ruski não botava o focinho para fora. A segunda gravidez aconteceu no inverno seguinte e ela teve os filhotes dentro de casa, em uma cesta que eu preparara para ela. E é claro que ela ficou para amamentar os filhotes. Quando os gatinhos tinham dez semanas, dei dois deles. Ginger ficava procurando por eles. Ia chorando de quarto em quarto e olhava sob a cama, embaixo do sofá. Então resolvi que não podia passar por aquilo de novo. Ginger passava por aquilo havia séculos.

Eu costumava fazer uma brincadeira com Ed, o gato albino, chamada "Vou pegar o Ed!", e ele corria para baixo do sofá, para baixo da cama, para o quarto da frente.

– Você não me pega!

Calico Jane gosta de brincar disso. Eu costumava brincar com Billy na casa de Algiers:

– Onde está meu Willy?

Em um sonho, estou na casa no número 4.664 da Pershing Avenue, onde nasci. No segundo andar, na entrada de meu velho quarto, encontro uma criancinha loura, à espera.

– É você, Billy? – pergunto.

– Sou qualquer pessoa para qualquer pessoa que me ame – responde ele.

Wimpy, o gato branco e laranja, está em uma cadeira ao lado da cama. Se eu fecho a porta do meu quarto, ele mia e arranha a porta. Ele não está com fome. Só quer ficar perto de mim ou de alguém que o ame. Billy costumava fazer isso na casa da Wagner Street, em Algiers. Ele gritava do lado de fora da porta até que eu a abrisse. E a casa se parecia muito com esta casa, uma casa de madeira branca simples, comprida e estreita.

Percebo traços claros de Kiki em Ruski. Sinto a presença de Kiki ao pegar Ruski quando ele não quer ser carregado...

– *Déjeme*, William! *Tu estás loco.*

E a vez em que bati nele... o rosto baixo, olhos abatidos... então ele sumiu. E é claro que eu sabia exatamente onde ele estava e o trouxe de volta para casa...

– O gato vira-lata magro que costumava ser eu, senhor.

Kiki me deixou e foi para Madri. Ele tinha um bom motivo para ir embora. Na época, era um viciado terminal. Foi morto a facadas em um quarto de hotel por um amante* ciumento que o encontrou com uma garota.

Kiki em Tânger, Angelo na Cidade do México... e mais uma pessoa que não consigo identificar porque está tão perto de mim. Às vezes está bem na minha cara, real como qualquer um, e diz repetidas vezes:

– SOU EU, BILL... SOU EU.

Ruski é assim quando mia e leva as patinhas até meu rosto. Não é tão efusivo quanto costumava ser. Às vezes se afasta de minha mão...

– Você me envergonha, William. Não sou um *niño*.

A situação pode ficar bem assustadora.

---

* No original, *lover*, sem gênero. (N.T.)

Meu primeiro gato azul russo veio das ruas de Tânger e encontrou seu caminho até o jardim da Villa Muniria, onde eu fiquei em 1957. Era um macho bonito com um lustroso casaco cinza-azulado, como uma pele muito cara, e olhos verdes. Apesar de ser um gato adulto na época, logo ficou muito carinhoso, e costumava passar as noites no meu quarto, que dava para o jardim. O gato pegava um pedaço de carne no ar, com as patas da frente, como se fosse um macaco. Ele era igualzinho a Ruski.

Wimpy me traz imagens de meu filho, Billy, e de meu pobre pai. São dez horas na casa da Price Road. Vou até a copa para tomar leite com biscoitos e espero que meu pai não esteja lá. A frustração me deixa mal-humorado e impertinente. "Gay" não era uma palavra habitual naqueles dias.

Ele está lá.

– Oi, Bill.

O apelo patético e o sofrimento no olhar.

– Oi.

Nada, apenas ódio frio. Se apenas... tarde demais. Está tudo acabado. Restam apenas os jardins de pedra.

Outro *flashback*: cerca de dois meses antes de deixar a Casa de Pedra. Estou sentado na poltrona perto da lareira com o gato branco em meu colo. Sinto uma pontada súbita de ódio e ressentimento. Não estou muito certo de mudar-me para uma casa. Não há dinheiro! Mais provavelmente um apartamento pequeno. Caixinhas de areia... intolerável! Posso sentir seu cheiro daqui. Será que o gato branco desapareceu em um rompante de ressentimento? As pessoas e os bichos podem partir em espírito antes de partir corporalmente. Como eu queria que o gato branco estivesse aqui agora para pular sobre a escrivaninha e brincar com a máquina de escrever.

Anotação do início de abril de 1985: Ruski se encolhe com uma aparência arrasada. Ele geme triste pela sala, me evita e corre para o porão com seus gemidos. O choro de uma criatura mutante semiformada... a esperança murchando... o choro da morte dessa esperança. Ruski agora está chorando no porão. Sempre que me aproximo ele chora e se afasta. O mutante que não consegue sobreviver, o único de sua espécie, a vozinha perdida, cada vez mais fraca.

Desço ao porão à procura de Ruski. Não há coisa ou pessoa alguma lá embaixo, apenas o fedor da morte, o velho ar úmido e estagnado, o armário de armas, alvos cobertos de poeira.

Inverno nuclear... vento uivante e neve. Um velho em um barraco improvisado a partir das ruínas de sua casa, enrolado em cachecóis rasgados, cobertores cheios de buracos e tapetes sujos com seus gatos.

2 de abril de 1985. Ruski está sobre a mesa, perto da janela norte. Ele mia e se aconchega a mim e vai dormir. Sinto sua voz triste e perdida em minha garganta, comovente, latejante. Quando você sente uma dor como essa, as lágrimas a escorrer por seu rosto, é sempre um aviso poderoso – perigo adiante.

1º de maio de 1985. Uma profunda sensação de tristeza sempre é um aviso a ser considerado. Ela pode estar relacionada a eventos que vão acontecer em semanas, meses, mesmo anos. Nesse caso, exatamente um mês.

Ontem caminhei até a casa na Nineteenth Street, tomado pela depressão e a dor a cada passo. Ruski não esteve em casa esta manhã.

Quarta-feira de manhã, 1º de maio, recebi o desesperado pedido de ajuda de Ruski, a voz triste e assustada que ouvi pela primeira vez há um mês.

MAYDAY MAYDAY MAYDAY.

E agora sei onde ele está. Telefono para a sociedade protetora.

– Não, não tem nenhum gato aqui com essa descrição.

– Tem, certeza?

– Espere, deixe eu conferir outra vez... – (Gritos de animais assustados.)

– Olhe, sim, tem um gato aqui com essa descrição.

– Daqui a pouco estou aí.

– Bem, o senhor precisa ir à prefeitura com o certificado de vacinação antirrábica e pagar uma taxa de resgate de dez dólares.

Tudo isso foi feito em meia hora com a ajuda de David Ohle. Chegamos ao abrigo de animais. O lugar é um campo da morte, assombrado pelos gritos tristes e desesperados dos gatos perdidos que aguardam para serem colocados para dormir.

– Olhe só que gato assustado! – diz a moça enquanto me conduz para a "detenção", como eles chamam.

Congelado de medo, Ruski está encolhido com outro gato apavorado em uma prateleira de metal. Ela destranca a porta. Eu pego meu gato e o ponho com cuidado dentro de sua caixa.

Temos de esperar quinze minutos pelo agente que efetuou a detenção para que o gato seja liberado. Ele está lá fora quando eu volto com Ruski na caixa. É um policial jovem, louro e desleixado, magro e com um bigode ralo. Não é sequer um policial de verdade. Pergunto a ele as circunstâncias da captura de Ruski. Ele não sabe. Seu parceiro foi quem o capturou. O parceiro, hoje, está de folga. A expressão policial cai sobre seu rosto esquelético.

– É ilegal deixar seu gato solto por aí. Cães e gatos devem permanecer na propriedade de seus donos e sempre sob comando verbal. É a lei. (Uma lei normalmente violada por todo mundo em Lawrence que tem um quintal.)

Depois de 72 horas na detenção, os animais são colocados para adoção. Os bichos sabem. Os bichos sempre reconhecem a morte quando a veem. É melhor caprichar. É sua última chance, gatinho.

Que chance teria Ruski, um gato adulto, não castrado, paralisado de medo? Um gato apavorado.

– Ei, papai, eu quero aquele! – aponta para Ruski um menininho.

– Bem, é melhor avisarmos que esse aí não é muito manso.

– Melhor a gente escolher outro, querido.

Ruski solta um miado de desespero quando eles se afastam.

Eu questiono a ideia de que estamos fazendo um favor a um gato quando o matamos... oh, desculpe... quero dizer, "quando o botamos para dormir". Vamos procurar por uma alternativa simples em países que não têm sociedades protetoras dos animais. Os gatos de rua de Tânger se viram sozinhos. Eu me lembro de uma velha senhora inglesa excêntrica em Tânger. Toda manhã ela ia ao mercado de peixe e enchia uma bolsa com peixe barato e fazia a ronda dos terrenos baldios e outros locais onde os gatos vira-latas se reuniam. Eu vi mais de trinta gatos correrem para perto quando ela se aproximava.

Bem, por que não? O dinheiro que agora é gasto para encarcerar e matar gatos poderia ser usado para manter abrigos de verdade com comedouros. Claro que os gatos teriam de ser castrados e vacinados contra raiva.

Naquela noite, pela primeira vez em três anos, Ruski pulou na minha cama ronronando e todo arrepiado, aconchegou-se contra mim e dormiu agradecido por eu tê-lo salvo.

No dia seguinte, telefonei para o departamento de Controle de Animais.

– Meu gato foi pego e levado para o abrigo e eu gostaria de saber em que circunstâncias.

– As circunstâncias foram que é ilegal deixar seu gato solto.

– Não, eu queria saber como ele foi pego.

Parece que ele foi pego por uma armadilha para bichos na esquina da Nineteenth Street com a Barker, a uns duzentos metros do limite dos fundos de minha propriedade. Provavelmente ficou trancado na armadilha a noite inteira. Não é de estranhar que ele estivesse assustado.

Na época eu nada sabia sobre armadilhas para animais. Não sabia que gatos podiam ser pegos. Essa foi por pouco. Muito pouco. Imagine se eu estivesse viajando. Imagine... Não quero. Isso machuca. Agora todos os meus gatos usam plaquinhas de identificação que provam que foram vacinados.

O grito que ouvi através de Ruski não foi apenas o anúncio de seu infortúnio. Era uma voz triste e pesarosa de espíritos perdidos, o sofrimento que vem de saber que você é o único de sua espécie. Não pode haver testemunha desse pesar. Não restam testemunhas. Isso deve ter acontecido várias vezes no passado. Está acontecendo agora. Espécies ameaçadas. Não apenas as que temos certeza que existem ou existiram de verdade em alguma época e morreram, mas todas as criaturas que possam ter existido.

Uma esperança. Uma chance. A oportunidade perdida. A esperança morrendo. Um grito que persegue o único que pode ouvi-lo quando já está longe demais para ser escutado, uma tristeza dolorosa e arrebatadora. Este é um sofrimento sem testemunhas.

– Você é o último. O último humano que chora.

O choro é muito antigo. Muito poucos podem ouvi-lo. É muito doloroso. Houve uma chance por um instante encantado. Essa chance foi desperdiçada. Caminho errado. Hora errada. Cedo demais. Tarde demais. Invocar toda a magia e arriscar o terrível preço do fracasso. Saber que a chance foi perdida porque você fracassou. Esse sofrimento pode matar.

A vida, como ela é, continua. O Dillon's ainda fica aberto das sete à meia-noite, sete dias por semana.

Eu sou o gato que caminha sozinho. E para mim todos os supermercados são iguais.

Estou bebendo o suco de laranja espremido na hora do Dillon's e comendo ovos frescos da fazenda em um porta-ovos quentes que comprei em Amsterdã. Wimpy rola e se aconchega aos meus pés, ronronando *Eu amo você eu amo você eu amo você*. Ele me ama.

Miiiiaaaaauuuu.

– Olá, Bill.

A distância de lá até aqui é a medida do que eu aprendi com os gatos.

Há uma velhinha gateira que alimenta os gatos no terreno do consulado francês que fica bem em frente ao Café de France. Os gatos chegam correndo e pegam peixes no ar. Meu primeiro azul russo pegava carne com as patas. Não me lembro o que aconteceu com ele.

Todos vocês que amam os gatos lembrem que os milhões de gatos que miam pelos quartos do mundo depositam toda sua esperança e confiança em vocês, da mesma maneira que a gatinha mãe da Casa de Pedra repousava a cabeça em minha mão, que Calico Jane botou os bebês em minha valise, que Fletch pulou nos braços de James e Ruski corria para mim arrepiado de alegria.

O gato cinza de Tânger pega um pedaço de carne com as patas da frente como se fosse um macaco... meu macaquinho branco selvagem. O gato branco vem se esfregando em minha direção, oferecido, esperançoso.

Somos os gatos por dentro. Os gatos que não podem andar sozinhos, e para nós há apenas um lugar.

Série Biografias **L&PM** POCKET:

Albert Einstein – Laurent Seksik
Andy Warhol – Mériam Korichi
Átila – Éric Deschodt / Prêmio "Coup de coeur en poche" 2006 (França)
Balzac – François Taillandier
Baudelaire – Jean-Baptiste Baronian
Beethoven – Bernard Fauconnier
Billie Holiday – Sylvia Fol
Buda – Sophie Royer
Cézanne – Bernard Fauconnier / Prêmio de biografia da cidade de Hossegor 2007 (França)
Freud – René Major e Chantal Talagrand
Gandhi – Christine Jordis / Prêmio do livro de história da cidade de Courbevoie 2008 (França)
Jesus – Christiane Rancé
Júlio César – Joël Schmidt
Kafka – Gérard-Georges Lemaire
Kerouac – Yves Buin
Leonardo da Vinci – Sophie Chauveau
Luís XVI – Bernard Vincent
Marilyn Monroe – Anne Plantagenet
Michelangelo – Nadine Sautel
Modigliani – Christian Parisot
Napoleão Bonaparte – Pascale Fautrier
Nietzsche – Dorian Astor
Oscar Wilde – Daniel Salvatore Schiffer
Picasso – Gilles Plazy
Rimbaud – Jean-Baptiste Baronian
Shakespeare – Claude Mourthé
Van Gogh – David Haziot / Prêmio da Academia Francesa 2008
Virginia Woolf – Alexandra Lemasson

Coleção L&PM POCKET (LANÇAMENTOS MAIS RECENTES)

741. **Sol nascente** – Michael Crichton
742. **Duzentos ladrões** – Dalton Trevisan
743. **Os devaneios do caminhante solitário** – Rousseau
744. **Garfield, o rei da preguiça (10)** – Jim Davis
745. **Os magnatas** – Charles R. Morris
746. **Pulp** – Charles Bukowski
747. **Enquanto agonizo** – William Faulkner
748. **Aline: viciada em sexo (3)** – Adão Iturrusgarai
749. **A dama do cachorrinho** – Anton Tchékhov
750. **Tito Andrônico** – Shakespeare
751. **Antologia poética** – Anna Akhmátova
752. **O melhor de Hagar 6** – Dik e Chris Browne
753.(12). **Michelangelo** – Nadine Sautel
754. **Dilbert (4)** – Scott Adams
755. **O jardim das cerejeiras** seguido de **Tio Vânia** – Tchékhov
756. **Geração Beat** – Claudio Willer
757. **Santos Dumont** – Alcy Cheuiche
758. **Budismo** – Claude B. Levenson
759. **Cleópatra** – Christian-Georges Schwentzel
760. **Revolução Francesa** – Frédéric Bluche, Stéphane Rials e Jean Tulard
761. **A crise de 1929** – Bernard Gazier
762. **Sigmund Freud** – Edson Sousa e Paulo Endo
763. **Império Romano** – Patrick Le Roux
764. **Cruzadas** – Cécile Morrisson
765. **O mistério do Trem Azul** – Agatha Christie
766. **Os escrúpulos de Maigret** – Simenon
767. **Maigret se diverte** – Simenon
768. **Senso comum** – Thomas Paine
769. **O parque dos dinossauros** – Michael Crichton
770. **Trilogia da paixão** – Goethe
771. **A simples arte de matar** (vol.1) – R. Chandler
772. **A simples arte de matar** (vol.2) – R. Chandler
773. **Snoopy: No mundo da lua! (8)** – Charles Schulz
774. **Os Quatro Grandes** – Agatha Christie
775. **Um brinde de cianureto** – Agatha Christie
776. **Súplicas atendidas** – Truman Capote
777. **Ainda restam aveleiras** – Simenon
778. **Maigret e o ladrão preguiçoso** – Simenon
779. **A viúva imortal** – Millôr Fernandes
780. **Cabala** – Roland Goetschel
781. **Capitalismo** – Claude Jessua
782. **Mitologia grega** – Pierre Grimal
783. **Economia: 100 palavras-chave** – Jean-Paul Betbèze
784. **Marxismo** – Henri Lefebvre
785. **Punição para a inocência** – Agatha Christie
786. **A extravagância do morto** – Agatha Christie
787.(13). **Cézanne** – Bernard Fauconnier
788. **A identidade Bourne** – Robert Ludlum
789. **Da tranquilidade da alma** – Sêneca
790. **Um artista da fome** seguido de **Na colônia penal e outras histórias** – Kafka
791. **Histórias de fantasmas** – Charles Dickens
792. **A louca de Maigret** – Simenon
793. **O amigo de infância de Maigret** – Simenon
794. **O revólver de Maigret** – Simenon
795. **A fuga do sr. Monde** – Simenon
796. **O Uraguai** – Basílio da Gama
797. **A mão misteriosa** – Agatha Christie
798. **Testemunha ocular do crime** – Agatha Christie
799. **Crepúsculo dos ídolos** – Friedrich Nietzsche
800. **Maigret e o negociante de vinhos** – Simenon
801. **Maigret e o mendigo** – Simenon
802. **O grande golpe** – Dashiell Hammett
803. **Humor barra pesada** – Nani
804. **Vinho** – Jean-François Gautier
805. **Egito Antigo** – Sophie Desplancques
806.(14). **Baudelaire** – Jean-Baptiste Baronian
807. **Caminho da sabedoria, caminho da paz** – Dalai Lama e Felizitas von Schönborn
808. **Senhor e servo e outras histórias** – Tolstói
809. **Os cadernos de Malte Laurids Brigge** – Rilke
810. **Dilbert (5)** – Scott Adams
811. **Big Sur** – Jack Kerouac
812. **Seguindo a correnteza** – Agatha Christie
813. **O álibi** – Sandra Brown
814. **Montanha-russa** – Martha Medeiros
815. **Coisas da vida** – Martha Medeiros
816. **A cantada infalível** seguido de **A mulher centroavante** – David Coimbra
817. **Maigret e os crimes do cais** – Simenon
818. **Sinal vermelho** – Simenon
819. **Snoopy: Pausa para a soneca (9)** – Charles Schulz
820. **De pernas pro ar** – Eduardo Galeano
821. **Tragédias gregas** – Pascal Thiercy
822. **Existencialismo** – Jacques Colette
823. **Nietzsche** – Jean Granier
824. **Amar ou depender?** – Walter Riso
825. **Darmapada: A doutrina budista em versos**
826. **J'Accuse...! – a verdade em marcha** – Zola
827. **Os crimes ABC** – Agatha Christie
828. **Um gato entre os pombos** – Agatha Christie
829. **Maigret e o sumiço do sr. Charles** – Simenon
830. **Maigret e a morte do jogador** – Simenon
831. **Dicionário de teatro** – Luiz Paulo Vasconcellos
832. **Cartas extraviadas** – Martha Medeiros
833. **A longa viagem de prazer** – J. J. Morosoli
834. **Receitas fáceis** – J. A. Pinheiro Machado
835.(14). **Mais fatos & mitos** – Dr. Fernando Lucchese
836.(15). **Boa viagem!** – Dr. Fernando Lucchese
837. **Aline: Finalmente nua!!! (4)** – Adão Iturrusgarai
838. **Mônica tem uma novidade!** – Mauricio de Sousa
839. **Cebolinha em apuros!** – Mauricio de Sousa
840. **Sócios no crime** – Agatha Christie
841. **Bocas do tempo** – Eduardo Galeano
842. **Orgulho e preconceito** – Jane Austen
843. **Impressionismo** – Dominique Lobstein
844. **Escrita chinesa** – Viviane Alleton
845. **Paris: uma história** – Yvan Combeau
846.(15). **Van Gogh** – David Haziot
847. **Maigret e o corpo sem cabeça** – Simenon
848. **Portal do destino** – Agatha Christie
849. **O futuro de uma ilusão** – Freud
850. **O mal-estar na cultura** – Freud
851. **Maigret e o matador** – Simenon
852. **Maigret e o fantasma** – Simenon
853. **Um crime adormecido** – Agatha Christie
854. **Satori em Paris** – Jack Kerouac